Henry y Mudge y el mejor día del año

por Cynthia Rylant
dibujos por Suçie Stevenson
traducido por Alma Flor Ada

Listos-para-leer/Libros Colibrí
Aladdin Paperbacks

Para Barbara Lalicki, por todo su estímulo —CR
Para mis sobrinos, Peter y Matthew Stevenson —SS

THE HENRY AND MUDGE BOOKS

First Aladdin Paperbacks/Libros Colibrí Edition, September 1997

Text copyright © 1995 by Cynthia Rylant
Illustrations copyright © 1995 by Suçie Stevenson
Spanish translation copyright © 1997 by Simon & Schuster Children's Publishing Division

Aladdin Paperbacks
An imprint of Simon & Schuster Children's Publishing Division
1230 Avenue of the Americas
New York, NY 10020

READY-TO-READ is a registered trademark, and
LISTOS-PARA-LEER is a trademark of Simon & Schuster, Inc.

Also available in an English language edition.

The text of this book is set in 18-point Goudy Old Style.
The illustrations are rendered in pen-and-ink and watercolor.

Printed and bound in the United States of America 0812 LAK

10 9 8 7 6 5 4

Library of Congress Cataloging-in-Publication Data
Rylant, Cynthia.
[Henry and Mudge and the best day of all. Spanish]
Henry y Mudge y el mejor día del año / cuento de Cynthia Rylant ; ilustraciones por Suçie
Stevenson ; traducción de Alma Flor Ada.—1st Aladdin Paperbacks/ Libros Colibrí ed.
p.   cm.—(Listos-para-leer)
Summary: Henry and his big dog Mudge celebrate Henry's birthday with a piñata, a lively birthday
party, and a cake shaped like a fish tank, making May first the best day ever.
ISBN 978-0-689-81469-3
[1. Birthdays—Fiction. 2. Dogs—Fiction.]
I. Stevenson, Suçie, ill. II. Ada, Alma Flor. III. Title. IV. Series.
[PZ73.R95   1997]
[E]—dc20
96-41919
CIP   AC

Contenido

El primero de mayo

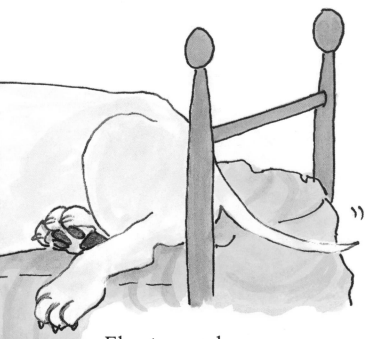

El primero de mayo
Henry se despertó muy temprano
y le dijo a su perrazo, Mudge:
—Hoy es mi cumpleaños.
Mudge sacudió el rabo, se dio la vuelta
y soltó un ronquido.

—Mudge —le dijo Henry—, levántate.

Hoy es mi cumpleaños.

Mudge movió el rabo, se dio la vuelta

y siguió roncando.

—Mudge —dijo Henry—, *tarta de cumpleaños*.

Mudge abrió un ojo.

—*Helado* —dijo Henry.

Mudge abrió el otro ojo.

—Y montones de *galletas*
—dijo Henry.

Mudge saltó de la cama.

Le dio la pata a Henry.

Era el cumpleaños de Henry
y habría galletas para Mudge.
El primero de mayo
prometía ser un buen día.

Una mañana llena de color

Había globos por toda la casa de Henry.

Globos rosados, globos anaranjados, globos verdes, globos amarillos.

Había globos en el baño.

Había globos en la cocina.

Había globos en la sala.

Y el porche estaba lleno de globos.

—A papá le gustan
los globos—
le dijo Henry a Mudge.
Mudge lamió
un globo amarillo
y movió el rabo.

El padre de Henry entró a la casa.

Traía una cámara.

—¡Fotos! —gritó el padre de Henry.

—¡Oh, no! —le susurró Henry a Mudge—.

A papá también le gustan las fotos.

El padre de Henry sacó muchas fotos.

Le sacó una a Henry.

Le sacó una a Mudge.

Les sacó una a Henry y Mudge juntos.

Les tomó una a Henry, Mudge y la
madre de Henry juntos.
Y luego el librero les sacó una foto
a los cuatro.

Después de las fotos,

su madre preparó

el desayuno favorito de Henry:

panqueques con fresas.

La familia comió y comió y comió.

Cuando terminaron,
los cuatro tenían la boca
roja y pegajosa.

El primero de mayo
se ponía cada vez mejor.

Galletas caídas del cielo

Henry había invitado a sus amigos
a su fiesta de cumpleaños.
Vinieron a las tres de la tarde.
Al principio todos parecían tímidos.
Nadie sabía qué hacer.
Entonces la madre de Henry dijo:
—¡Vengan todos afuera!

En el patio

la madre y el padre de Henry

habían preparados juegos.

Había tiro al blanco de anillas.

Había juego de pescar con imanes.

Había carreras de sacos de papas.

Y colgando de un árbol
había una piñata azul
en forma de burrito.

Los que ganaron en el tiro al blanco
recibieron anillos de juguete.

Los que ganaron en la pesca con imanes
recibieron pececitos dorados.

Los que ganaron en las carreras de
sacos de papas,
recibieron bolsas de papas fritas.

Por fin llegó el momento

de romper la piñata.

El padre le tapó los ojos a Henry

con un pedazo de tela.

Le dio un palo.

Le susurró un mensaje

al oído.

Y Henry empezó a dar golpes al aire.

—¡UNO! —gritaron todos.

—¡DOS!

—¡TRES!

Mudge meneaba el rabo con fuerza.

—¡CUATRO!

Con el cuarto golpe

la piñata se rompió.

Y cayeron pirulíes

y chicle de globos

y caramelos

y cientos de galletitas.

Todos estaban felices
sobre todo Mudge.
Él nunca se había imaginado
que las galletas cayeran del cielo.

El mejor
día del año

Después de los juegos
los padres de Henry sacaron
un gran bol de helado de cerezas y nueces
y una gran tarta de cumpleaños.

La tarta se parecía

a la pecera de Henry.

Tenía agua azul,

piedras de colores

y peces a rayas y con lunares.

Mudge olió y olió.

Quizá parecía agua,

pero olía a tarta.

Cuando se habían comido

la tarta pecera,

llegó la hora de abrir los regalos.

Lazos rojos, papel morado, grandes tarjetas:

todo voló por el aire.

Henry recibió un avioncito,

un robot,

un leopardo blanco de peluche

y una pelota de baloncesto.

También recibió
una caja de galletas de perro.
—Deben ser para ti
—Henry le dijo a Mudge.

Cuando terminó la fiesta
todos se fueron a sus casas.
Tenían montones de caramelos
y de chicle de globo y pirulíes
y pececitos y papas fritas.

Estaban llenos de tarta y helado.

Y algunos estaban llenos de galletas.

Henry y los padres de Henry
y Mudge, el perrazo de Henry,
se sentaron callados en el patio
y cerraron los ojos.
Escucharon a los pájaros.
Descansaron.

Y cada uno soñó con deseos de cumpleaños
en el mejor día del año.